Ilka Wasserzier

40 Tage durch die Wüste

-

Homeschooling in Zeiten von Corona

40 Tage durch die Wüste
-
Homeschooling in Zeiten von Corona

Ilka Wasserzier

Impressum:

© 2020 Ilka Wasserzier

Verlag & Druck: tredition GmbH
                   Halenreie 40-44
                   22359 Hamburg

ISBN
Paperback   978-3-347-08806-1
e-Book   978-3-347-08807-8

Vorwort

Liebe Leserin, lieber Leser,
wertes Homeschooling-Kollegium,

wie mir ist es vielen Eltern ergangen: Dank des
Corona-Virus war ich von einem auf den anderen
Tag plötzlich nicht mehr nur Mutter, sondern auch
Lehrerin meines Kindes. Was zu Beginn noch wie
ein kurzweiliges Abenteuer wirkte, stellte sich ziemlich schnell als dauerhafter Zustand für die nächsten
Monate heraus. Und der war und ist immer noch
eine große Herausforderung für meinen Sohn, meinen als Vertretungslehrer assistierenden Mann und
mich, die Hauptlehrkraft. Mein größtes Problem ist
nämlich: Ich bin keine Pädagogin.

Der Wunsch, Lehrerin zu werden, endete mit meiner eigenen Grundschulzeit und ist danach glücklicherweise auch nie wiedergekehrt. Spätestens jetzt
ist mir klar: Ich hätte ganze Schülergenerationen
ins Unglück gestürzt, hätte ich die Lehrerlaufbahn
eingeschlagen. Die Betreuung der ganz normalen

Hausaufgaben hat schon vor der Corona Pandemie mein Reservoir an Geduld, Verständnis und Diplomatie jeden Tag aufgebraucht. Die Vermittlung neuer Inhalte und das Erklären von Sachverhalten ist einfach nicht mein Ding.

Deswegen war mit Beginn der Homeschooling-Phase klar: Das geht nur mit einer großen Menge Humor. Diesen nicht zu verlieren ist nicht nicht ganz einfach. Ich bin von Beruf Autorin und schreibe seit 18 Jahren fürs Fernsehen, davon 13 Jahre auf selbstständiger Basis. Über mangelnde Aufträge konnte ich mich in dieser Zeit glücklicherweise nie beschweren. Urlaub gab es über viele Jahre nicht.

Mit Corona begann für mich eine Phase, die ich so noch nicht erlebt habe: Alle Aufträge brachen von heute auf morgen weg. Das so schön durchgeplante Jahr war plötzlich Schnee von gestern. Die Zwangspause zu nutzen, um mal durchzuatmen, mal runterzukommen und die Zeit anders zu nutzen, als von einer Abgabe zur nächsten zu hetzen oder neue Aufträge zu aquirieren, konnte ich nicht. Viel zu groß war die Ungewissheit, wie es weitergeht. Wann wird wieder gedreht? Können unter diesen Bedingungen meine Formate überhaupt wieder produziert werden? Wie geht es finanziell weiter? Wie lange darf Corona dauern, bevor es richtig brenzlig wird? Dazu die ganze Bandbreite an Ängsten, die über meinen Job-Horizont hinaus gehen und die wahrscheinlich jedem von uns schlaflose Nächte bereitet haben, nämlich die Sorge um die Gesundheit unserer Nächsten und die plötzlich notwendige Distanz zu denen, die wir am meisten lieben.

Bereits am ersten Tag der Schulschließung hatte ich das Bedürfnis, meine Facebook-Freunde ein wenig zu erheitern und sie an unserem neuen Homeschooling-Leben teilhaben zu lassen. Schließlich sitzen die meisten der befreundeten Familien im gleichen Boot wie wir - wenn auch zum größten Teil nicht nur mit einem Grundschüler, sondern gleich mit mehreren Kindern verschiedener Schulklassen. Nebenbei: Diesen zolle ich großen Respekt, denn wenn ich im Rückblick sehe, wie oft mich die neue Situation an den Rand des Nervenzusammenbruchs gebracht hat, mag ich gar nicht wissen, wie es Eltern mit zwei, drei oder mehr Kindern geht. Also: Chapeau!

Die Idee, aus meinen täglichen Posts und Tweets tatsächlich ein Buch, wenn auch ein kleines, zu machen, kam erst nach fast zweimonatiger Homeschooling-Zeit. Das Feedback von Freunden, Familie und sogar Nachbarn hat gezeigt, dass in dieser unsicheren Zeit eine kleine Portion Humor nicht schaden kann. Natürlich ist nicht jeder Tagebucheintrag ganz ernst zu nehmen. In erster Linie möchte ich mit meinem ganz persönlichen Bericht aus unserer Homeschooling-Wüste unterhalten.

In diesem Sinne wünsche ich viel Spaß beim Lesen. Behalten Sie Ihren Humor – anders geht es nicht.

Herzlichst,
Ihre Ilka Wasserzier

Tag 1

Liebes Corona-Tagebuch,
normalerweise gehört der Vormittag mir. Mir und meinem Zuhause. Da kann ich machen, was ich will. Hier redet mir keiner rein. Ab heute ist das anders. Meine Oase der Ruhe und Stille ist plötzlich laut und voll. Nicht nur das Kind muss ab heute nicht mehr in die Schule, auch der Mann hat sich bei seinem Arbeitgeber ins Homeoffice verabschiedet und sich mit diversen Rechnern und Equipement zunächst im Wohnzimmer breitgemacht. So ist er näher an uns dran, sagt er. Er will ja helfen, wenn er schon mal zu Hause ist, sagt er. Wir schaffen das schon alles zusammen, sagt er. Hm, sage ich. Wie realistisch dieses ehrenhafte Vorhaben ist, werden die nächsten Wochen zeigen.

Meine eigene Arbeit verschiebe ich im Geiste schon mal auf den Abend. Schließlich heißt es jetzt Homeschooling und das ist voll Muddis Ding. Hey, ich bin Lehrer-Tochter, da werde ich doch wohl einem Erstklässler ein bisschen Bildung in den Kopf hämmern können!

Ich bin guten Mutes. Schließlich ist das Kind eigentlich pflegeleicht und eigentlich ja auch recht kooperativ. Bei den Hausaufgaben klappt es eigentlich doch auch. Eigentlich ...

Da es bisher lediglich eine E-Mail von der Schule gibt, die einen Plan für den Nachmittag ankündigt, möchte ich es ruhig angehen lassen und lege dem Kind ein paar leichtere Matheaufgaben vor, die unerledigt vom letzten Wochenplan übrig geblieben sind. Das Kind verschränkt die Arme, zieht die Mundwinkel maximal weit herunter und motzt. „Mach' ich nicht. Es sind Corona-Ferien." Na, das verspricht ja lustig zu werden. Während in meinem Kopf eine Stimme schreit: „Und ob du das jetzt machst!!!", lächle ich betont entspannt und stelle richtig: „Nein, das stimmt jetzt so nicht. Ferien sind erst in drei Wochen. Vorher übernimmt Mama den Unterricht."

Das Kind schaut mich mit einer merkwürdigen Mischung aus nackter Panik, Belustigung und einer großen Portion Trotz an. Ich kann seine Gedanken förmlich hören: „Mist, das meint die echt ernst. Wie komme ich denn aus der Nummer wieder raus?" Ich halte dem Blick stand. Jetzt bloß nicht wegschauen, dann habe ich verloren. Im Kopf vom Kind rasen die Gedanken, sein Blick verdüstert sich auf dramatische Art und Weise. Schreien, heulen, Türenknallen – alles Optionen, die er vermutlich gerade abwägt.

Am Ende entscheidet er sich für Krokodilstränen und ein Klagelied auf die Schule, die Welt im Allgemeinen und seine sadistische Mutter im Besonderen. Ich mache, was jede gute Mutter macht: Ich sitze einfach nur da und warte, dass der Anfall vorüber ist.

Dabei schweift mein Blick über unsere recht ansehnliche Hausbar. Die Aussicht auf mindestens drei Wochen Homeschooling lässt dennoch nur einen Schluss zu.

Fazit nach Homeschooling-Tag Nr. 1:
Unser Haushalt verfügt über zu wenig Alkohol.

Tag 2

Liebes Corona-Tagebuch,

gestern kam das erste Arbeitspaket aus der Schule. Das wurde bereits letzte Woche mit einer Test-E-Mail von den Lehrern angekündigt. Ich stelle fest: Datenschutz ist Auslegungssache. Statt die E-Mails in BCC zu schicken, liegen die E-Mail-Adressen aller Eltern der Schüler unserer Schule offen vor mir. Damit bekomme ich einen ziemlich privaten Einblick in die Familien der Mitschüler. Kosenamen, Geburtstage, sexuelle Vorlieben – was einige Menschen in Emailadressen preisgeben, ist erstaunlich.

Nach einer kurzer Überlegung, wer sich wohl hinter „`Madame_Lollipopp69@...`“ verbirgt, widme ich mich lieber dem Anhang der E-Mail. Manche Dinge will man ja auch gar nicht wissen, wenn man den Menschen danach noch mal in die Augen schauen will, ohne rot zu werden.

Das Arbeitspaket soll bis nächste Woche bearbeitet werden. Wer und wie und ob das nachher überhaupt jemand korrigiert steht in den Sternen. Klar ist: Es geht um Frühblüher und Vögel. So weit so gut. Leider bringt mich gleich das erste Arbeitsblatt in Schwierigkeiten.

Auf dem offenbar kopierten Blatt befinden sich mehrere Blumenarten, die sich in hellen und vor allem sehr dunklen Grauschattierungen kaum vom Untergrund abheben. „Was ist eine Hyazinthe?", fragt das Kind. Völlig zu Recht, wie ich finde. Wenn ich das mal wüsste … Per Ausschlussverfahren kann ich schließlich die Hyazinthe identifizieren, bin allerdings aufgrund der schlechten Bildqualität am Ende unsicher, ob es nicht vielleicht doch der Krokus ist.

Fazit nach Homeschooling-Tag Nr. 2:
Scheiß auf Frühblüher-Arbeitsblätter. Mein Kind kann jetzt „Corona ist doof"schreiben.

Tag 3

Liebes Corona-Tagebuch,

bereits an Tag 3 brechen wir mit unserem Rhythmus. Ich muss dringend arbeiten und den Offtext für eine Kochsendung schreiben. Der Mann hat eine ganztägige Telefonkonferenz mit und nach Weißgottwohin und deswegen irgendwo im Haus ganz fest die Tür hinter sich zugemacht. Mit seiner Rückkehr ist frühestens um 17 Uhr zu rechnen. Da das mit meiner Abgabe zusammenfällt, sitze ich mit Laptop und Kopfhörern am Küchentresen, während das Kind eigenständig fehlende Vokale auf einem Arbeitsblatt eintragen soll.

Nach der drölfzigsten Nachfrage bin ich immer noch beim Texten des Openers und muss einsehen: So geht es nicht weiter. Pädagogisch völlig unwertvoll und mit mehreren Ankündigungen, das sei jetzt die absolute Ausnahme, geht um 11 Uhr am Morgen der Fernseher an. Doch das unterschwellige „Alarm, es kommt ein Notruf an, Feuerwehrmann Sam ist unser Mann …" sorgt für fehlende Konzentration meinerseits. Außerdem ist die Neugier des Kindes geweckt, schließlich schaue ich ja auch Fernsehen und werde dafür auch noch bezahlt.

Nur wenige Minuten später hat er sich häuslich neben mir niedergelassen, meine Kopfhörer ausgestöpselt und lässt sich von meinem Lieblingsfernsehkoch in die Geheimnisse eines guten Risottos einweihen. Dass ich immer wieder hin und her springe, um die freien Textstrecken mit sinnvollem Inhalt zu füllen, nervt ihn zwar, nach einiger Zeit hilft er aber sogar beim Texten, in der Hoffnung, dass es dann schneller geht. Das klappt zwar nur bedingt, am Ende kann ich aber meine Abgabe einhalten. Zudem weiß das Kind jetzt, was Sous-Vide-Garen ist und kennt den Unterschied zwischen Blanchieren und Dämpfen. Meine spätere Schwiegertochter wird es mir bestimmt danken.

Fazit nach Homeschooling-Tag Nr. 3:
Texten für Reportage und Doku-Soap in den Lehrplan aufgenommen und entschieden: Wenn dieser ganze Wahnsinn vorbei ist, stelle ich das Kind als 450 Euro-Kraft ein.

Tag 4

Liebes Corona-Tagebuch,
wir haben eine Mail mit Zusatzaufgaben bekommen, die extrem mit meinem Zeitplan kollidieren. Eine dieser Aufgaben beschränkt sich nämlich nicht mehr nur auf den Vormittag bzw. auf die Zeit, die wir für Homeschooling verwenden möchten, sondern muss über den Tag verteilt erledigt werden.

Wir sollen nämlich das Wetter beobachten. Morgens, mittags und abends. Das muss das Kind dann aufmalen. Eine ganze Woche lang. (Spoiler: Am Ende der Woche hat das Kind im Montagmorgen-Feld eine Sonne mit zwei Wolken gemalt.)

Mein Handy piept erneut. Wieder die Schule mit einer weiteren Aufgabe. Wir sollen spazieren gehen, Blumen sammeln, pressen und eine Collage machen. Ich werfe einen Blick in den Garten und auf den nur eine Stunde vor diesem Arbeitsauftrag gemähten Rasen. Verdammt! Die Gänseblümchen, die jetzt in der Biotonne liegen, hätten mir den Gang ins Feld erspart.

Egal. Ist ja noch eine Woche Zeit. Da wächst bestimmt noch einiges nach.

Fazit nach Homeschooling-Tag Nr. 4:
Das Kind bekommt mehr Emails aus der Schule als ich von meinen Auftraggebern. Die Machtverschiebung ist in vollem Gange.

Tag 5

Liebes Corona-Tagebuch,
es ist Freitag und das bedeutet: Uns steht das erste Wochenende im Homeschooling bevor. Die Nerven liegen auf beiden Seiten blank, von Rhythmus keine Spur. Alle Vorschläge meinerseits, den Unterrichtsstoff mit Online-Lernprogrammen oder selbst aus dem Internet geholten Arbeitsblättern zu pimpen, werden radikal abgelehnt. Mit dem guten Vorsatz: Ab Montag ticken hier die Uhren anders, starten wir ins erste Isolations-Wochenende.

Satz des Tages an Homeschooling-Tag Nr. 5:
„Mama, ich kündige." Ich recherchiere jetzt

mal, wo es am Wochenende ein Führungskräfte-Deeskalations-Seminar gibt, um die Kuh bis Montag wieder vom Eis zu holen.

Tag 6

Liebes Corona-Tagebuch,
irgendwie fühlt sich ein Samstag gar nicht an wie ein Samstag, wenn man das Haus von Montag bis Freitag nicht verlassen hat. Das Kind spricht es zwar nicht aus, aber da ich ihn heute nicht mit Homeschooling behellige, ist er fest überzeugt: Er hat die gestrige Diskussion als Sieger verlassen und Muddi ihre Lehrerinnen-Ambitionen ad acta gelegt. Haha, wenn der wüsste …!

Tag 7

Liebes Corona-Tagebuch,
mit genügend Abstand haben wir heute den ersten familiären Corona-Geburtstag gefeiert – einen runden noch dazu. Pünktlich zur Feier tauchte dann

allerdings Frau Merkel im Fernsehen auf. Unsere „Bürgermeisterin", wie das Kind sie liebevoll nennt, hatte keine guten Nachrichten. Jeder soll jetzt erst mal mit seinem Popöchen Zuhause bleiben. Besuche wie diese wird es in nächster Zukunft erst einmal nicht mehr geben. Spätestens jetzt ist das Kind überzeugt: In einer solch emotional belasteten Situation wird Muddi doch wohl keinen Gedanken mehr an Homeschooling verschwenden.

Fazit nach Homeschooling-Tag Nr. 7:
Die Fronten haben sich in den letzten zwei Tagen (aka „Wochenende") ein wenig geglättet. Allerdings denkt das Kind aufgrund zweitägiger Hausaufgabenabstinenz, ich hätte sein Rücktrittsgesuch von Freitag angenommen. Das wird ein Spaß, wenn ich morgen Vormittag mit den Frühblüher-Arbeitsblättern um die Ecke komme. Muahahaha!

Tag 8

Liebes Corona-Tagebuch,

wie erwartet war die Freude auf Seiten des Kindes riesengroß, als ich heute morgen zum Schulbeginn geläutet habe. Naja, richtig geläutet habe ich nicht, aber das kann noch kommen, denn ab heute gibt es in diesem Haus ein System. Das haben der Mann und ich gestern Abend noch in Stein gemeißelt und an die Wohnzimmertür gepinnt. Ich habe bereits leise Bedenken geäußert, dass das Kind darauf vermutlich nicht mit Begeisterungsstürmen reagiert. Doch zu unserer Überraschung findet er den Plan „okay". Das ist immerhin besser als alle Reaktionen, die wir in der letzten Woche auf unsere Lernangebote erhalten haben.

Der Plan sieht halbstündige Unterrichtseinheiten vor, beginnend um 9 Uhr jeden Morgen. Nach jeder Einheit gibt es eine halbe Stunde Pause, die mit Lego oder anderen Spielen verbracht werden darf. Der Fernseher bleibt bis zum Nachmittag aus (was eher eine Strafe für die Eltern ist als fürs

Kind), es sei denn, das Kind möchte sich mit etwas Schulfernsehen weiterbilden. Zu meiner großen Verwunderung läuft der erste strukturierte Vormittag wie am Schnürchen. Ich sehe einen kleinen, zarten Hoffnungs-Streif am Horizont.

Fazit nach Homeschooling-Tag Nr. 8:
Habe auf einem Arbeitsblatt von einer Internetseite für Grundschüler tatsächlich das Wort „Rehkids" gelesen. Kinder von Rehdaddy und Rehmummy? Auswüchse der Rechtschreibreform? Oder mäßig gelungenes fachübergreifendes Arbeiten zwischen Biologie- und Englischunterricht?

Tag 9

Liebes Corona-Tagebuch,
seit gestern gibt es eine offizielle Kontaktsperre. Freunde, Großeltern und andere Familienmitglieder besuchen geht auf unbestimmte Zeit nicht. Wir versuchen, das Positive aus dieser enorm besch... Situation zu ziehen. Wenn wir niemanden besuchen dürfen, dann bedeutet das im Umkehrschluss: In unser Haus kommt so schnell auch niemand. Weils so bequem ist, bleiben Muddi und Kind deswegen im Schlafanzug. Nur der Mann zieht sich für seine Telefonkonferenz was Vernünftiges an. Er kommt sonst nicht in geschäftliche Stimmung, sagt er. Wenn der wüsste, wie toll die Stimmung den ganzen Tag ohne drückenden Hosenbund ist! Und die Zeit, die man ohne das lästige Klamotten Raussuchen und Umziehen plötzlich übrig hat. Herrlich!

Karl Lagerfeld hat einmal gesagt: „Wer Jogginghose trägt, hat die Kontrolle über sein Leben verloren." Diesen Kontrollverlust habe ich, ehrlich gesagt, schon lange vor Corona erreicht. Was der gute

Karl jetzt wohl sagen würde, wenn er geschätzte 90 Prozent aller Homeofficeler in diesem Zustand sehen würde?! Vielleicht gut, dass er das nicht mehr erleben muss …

Fazit nach Homeschooling-Tag Nr. 9:
Jeans hemmen das Denkvermögen. Zum Beweis Feldstudie begonnen und Arbeitseinheit 1 und 2 im Pyjama absolviert. Vorläufiges Resultat ist zufriedenstellend.

Tag 10

Liebes Corona-Tagebuch,

„Happy birthday to me, happy birthday to me, happy birthday, happy birthday, happy birthday to me!"

Ich liege mit einem heißen Kaffee und meiner Lieblingszeitung im Bett und genieße meinen Tag. Der Mann hat mir nach einem schönen Geburtstagsfrühstück freigegeben. „Heute machst du mal was Schönes für dich. Homeschooling übernehme ich natürlich." Was für ein guter Mann. Da eine ausgedehnte Shopping-Tour durch die Stadt oder ein Frühschoppen mit den Mädels wegen geschlossener Läden und Kontaktsperre ausfällt, entscheide ich mich für die Kaffee-Zeitung-Bett-Variante.

Lange bleibt meine Gute-Laune-Blase allerdings nicht erhalten. Aus dem Wohnzimmer dringen Geräusche nach oben. Erst leise, dann immer lauter werdend. Irgendwann knallt das Kind eine Tür. Ich überlege kurz, ob ich vielleicht mal nachsehen soll, ob es Mann und Kind den Umständen entsprechend gut geht. Entscheide mich dann aber dagegen. Die werden wohl mal ein paar Stündchen ohne mich klar kommen.

Offenbar haben sich Mann und Kind dazu entschieden, heute alle Probleme von mir fern zu halten. Als ich nämlich gegen Mittag dazustoße, tun alle so, als sei nichts gewesen. Dennoch erscheint mir die Freude über mein Erscheinen unangemessen groß zu sein – auch wenn ich Geburtstag habe.

Am Nachmittag bietet sich meinen Nachbarn ein seltsames Schauspiel. In unregelmäßigen Abständen erscheinen Menschen vor unserer Haustür, manchmal alleine, manchmal mit Kind und Kegel im Schlepptau, und stellen reichlich Alkoholika vor unsere Haustür. Meine Sorge von Homeschooling-Tag Nr.1 scheint unbegründet zu sein, denn meine Freunde wissen, was mich durch die Corona-Zeit bringt: Liebe, Harmonie und Gin.

Am späten Abend kommt der Mann dann doch noch mal vorsichtig auf das Thema Homeschooling zurück. Er bietet diverse Dienstleistungen im hauswirtschaftlichen Bereich an – nur den Heimunterricht, den möchte er erst einmal nicht mehr machen. Ich lächle gnädig und schreibe ihm noch ein wohlwollendes Arbeitszeugnis.

Fazit nach Homeschooling-Tag Nr. 10: Grundschüler sind echt leidensfähig. Zumindest war der heute kurzfristig eingesprungene Vertretungslehrer durchaus bemüht, für die ihm übertragenen Aufgaben Verständnis zu zeigen. Wir wünschen ihm für seine weitere Zukunft alles Gute.

Tag 11

Liebes Corona-Tagebuch,
heute muss ich wieder ran. Nachdem der eher mäßige Auftritt des Vertretungslehrers gestern als gescheitert betrachtet werden kann, ist das Kind beinahe froh, mich auf der anderen Seite des Tisches zu sehen. Wir müssen erstaunlich wenig über den Sinn und Unsinn von Rechenmauern diskutieren, auch das Ausmalbild auf Vorschulniveau macht das

Kind ohne weiteren Protest. Und weils so gut läuft (und Muddi dringend noch eine Folge texten muss) gebe ich um 10.30 Uhr bereits an die Kollegen vom Schulfernsehen ab. Keine gute Idee, wie sich nur eine halbe Stunde später zeigt.

Erlebnis an Homeschooling-Tag Nr. 11:
Das Kind versucht ohne Bodenkontakt vom Wohn-
zimmer in die Küche zu gelangen. Auf meine ver-
wirrte Frage, was das soll: „Das ist Parcour. Hab
ich im WDR gelernt." Liebe Kollegen vom „Schul-
fernsehen": Die medizinischen Kapazitäten unse-
res Landes werden doch gerade echt woanders ge-
braucht als in der Versorgung von Knochenbrü
chen, oder?!

Tag 12

Liebes Corona-Tagebuch,
ich habe die Nase voll! Ich werde bis zum Ende der Corona-Zeit Facebook löschen. Der Grund: Die meisten meiner Freunde haben Langeweile. Ein Großteil hat Haus und Hof lupenrein geputzt, Spei-

cher und Keller entrümpelt und das Zeug natürlich bereits entsorgt, einige vertreiben sich die Zeit mittlerweile mit dem Erlernen neuer Hobbys wie Origami und Kalligraphie oder malen tagelang Mandalas.

Alleine der Gedanke daran lässt meinen Blutdruck in ungeahnte Höhen schnellen. Ich weiß nicht, was der Mann und ich falsch machen, aber so weit sind wir noch lange nicht. Im Gegenteil. Ich kämpfe jeden Tag gegen das Chaos, der Mann gegen Wäscheberge und dennoch wird es nicht weniger. Während andere schon die Besteckschublade aufräumen, bin ich noch dabei, mir einen unfallfreien Weg durchs Kinderzimmer zum Fenster zu bahnen.

Als ich mir gerade einen Legostein (einen von den fiesen „Einern") zwischen den Zehen herauspule, pingt mein Handy. Alleine beim Lesen des Betreffs überkommt mich der starke Impuls, mein Handy sofort durch das geöffnete Fenster zu werfen und am Haus der Nachbarn zerschellen zu lassen: „Rezepte gegen die Langeweile!" Ihr wollt mich doch alle in den Wahnsinn treiben, oder?! Als ich meine Nerven einigermaßen beruhigt habe, öffne ich den Anhang. Da die meisten Tipps nur mit Hilfe von Erwachsenen funktionieren („Spiele ein Kartenspiel", „Spiele ein Brettspiel") oder die endgültige Verwüstung des Hauses zur Folge haben („Spiele Verkleiden", „Bastle schöne Knetfiguren"), will ich das wenig hilfreiche Dokument schon schließen, als mir der Punkt „Hilf deinen Eltern im Haushalt"ins Auge springt. Na, wer sagt's denn?! Endlich mal ein sinnvoller Tipp, was das Kind mit seiner überschüssigen Energie anfangen kann.

Ab morgen gibt es damit also nicht nur Rechenmauern und Laufdiktate, sondern auch den Kurs „Korrekter Umgang mit Staubsauger und elektrischer Heckenschere". So kann das hier mit der Ordnung dann doch noch was werden.

Androhung an Homeschooling-Tag Nr. 12:
Wenn mir noch mal von irgendwelchen Mama-Blogs 100 oder gar 1.000 Tipps gegen die Langeweile empfohlen werden, lösche ich das Internet!

Tag 13

Liebes Corona-Tagebuch,

einen Tag nach Beginn der Kontaktsperre hätten das Kind und ich eigentlich einen Termin beim Friseur unseres Vertrauens gehabt. Da der aber nun geschlossen ist, wächst alles so vor sich hin. In meinem Fall habe ich mich entschieden, aus Corona eine Tugend zu machen und eine neue Frisur auszuprobieren, was zunächst heißt: Alles soll länger werden.

Aber da das Kind nichts mehr sieht, muss in seinem Fall eine sofortige Lösung gefunden werden. Nach einer Stunde mit viel Geschrei und Genöle steht fest: Die Nachbarn haben mittlerweile bestimmt aus Sorge ums Kind das Jugendamt informiert, aber was soll ich machen? Die Matte muss ab, auch wenn die gleichzeitige Bedienung von Schere und Kamm mich einfach maßlos überfordert. Das schlägt sich leider auch im Ergebnis nieder.

Experimente an Homeschooling-Tag Nr. 13:
Statt Schule gab's heute einen neuen Haarschnitt

Tag 14

Liebes Corona-Tagebuch,
heute gab es mal wieder neues Arbeitsmaterial aus
der Schule. Pflichtbewusst wie ich bin, drucke ich
natürlich alles aus, was im Anhang ist. Ein böser
Fehler, wie sich zeigt. Mein Drucker druckt und
druckt und druckt. Anstatt zu schauen, was er aus-
spuckt, verlasse ich das Arbeitszimmer, um zu du-
schen und mich anzuziehen (in Corona-Zeiten ein
nicht zu unterschätzendes Ritual).

Auch bei meiner Rückkehr ächzt der Drucker
immer noch unter der schulischen Last. Als er mit
einem lauten Stöhnen das letzte Blatt und damit
den letzten Tropfen rote und gelbe Tinte ausgibt,
traue ich meinen Augen nicht. Der Großteil der Blätter sind ganzseitige Fehlersuchbilder – in BUNT!
Und die sind noch nicht mal Pflichtaufgabe, wie

ich dem angehängten Wochenplan entnehme. Ab jetzt wird vorher kontrolliert und nur noch selektiv ausgedruckt!

Prognose an Homeschooling-Tag Nr. 14:
Die Druckerpatrone ist das Klopapier von morgen.
Wenn alle Eltern weiterhin terrabyteweise Unter-
richtsmaterial in ganzseitig bunt ausdrucken müs-
sen, wäre jetzt der Zeitpunkt, mit Patronenpreppen
anzufangen.

Tag 15

Liebes Corona-Tagebuch,
heute hat das Kind Geburtstag und das ist in Corona-Zeiten tatsächlich kein Spaß. Statt haufenweise Besuch zu bekommen muss er mit uns vorlieb nehmen – so wie eben jeden Tag. Das ist nach dem vorgestrigen Haarschneide-Experiment auch gar nicht soooo schlecht.

Die Post arbeitet ja glücklicherweise noch, so dass sich im Wohnzimmer zumindest ein großer Haufen Geschenke türmt. Nach dem Auspacken und einer Menge Videotelefonate ist das Kind mit dem Zusammenbauen von gefühlt 27 Legopackungen beschäftigt. Die Ruhe währt allerdings nicht lange.

Was früher Klingelmännchen war, nennt sich heute Corona-Geburtstag. Es klingelt immer wieder an der Tür und man hört hektische Schritte weglaufen. Anstatt um die nächste Ecke zu verschwinden, bleiben die Freunde vom Kind allerdings mitten auf der Straße stehen, um ihm ein lautstarkes „Happy Birthday" entgegen zu brüllen.

Weil mir das Kind so leid tut und die geplante Kinderparty nächste Woche ja auch abgesagt wurde, verspreche ich ihm das Blaue vom Himmel. Naja, wer weiß, wie lange der Corona-Wahnsinn noch dauert. Da hab ich bestimmt noch Zeit, eine Piraten-Schatzsucher-Zauber-Zirkus-Dinosaurier-Ninjago-Party mit Feuerwerk, Hüpfburg und Ponyreiten für 35 Kinder auf die Beine zu stellen …

Großes Theater an Homeschooling-Tag Nr. 15:
Gegeben wurde „Der Corona-Geburtstag" und

Muddi hat erfolgreich Sir Toby, Admiral von Schneider, Mr. Pommeroy und Mr. Winterbottom gemimt.

Tag 16

Liebes Corona-Tagebuch,
heute habe ich die Klingel nicht gehört. Der Paketbote muss sich auch veräppelt vorkommen. Sonst bin ich den lieben langen Tag da, aber kaum ist Corona und es gibt die Ansage, das Haus nur wenn nötig zu verlassen, macht keiner die Tür auf. Naja, eigentlich waren wir natürlich zu Hause, haben aber die Klingel nicht gehört. Das hat zur Folge, dass unser Paket bei den Nachbarn abgegeben wurde. Was für eine Freude meinerseits!

Nachdem ich mir neulich das gute Oster-Outfit angezogen habe, um den Müll rauszubringen, konnte ich heute nicht widerstehen und habe mich erneut in Schale geschmissen, um bei den neuen Nachbarn unser Paket abzuholen. Soll ja schließlich keiner denken, dass wir uns hier in Corona-Zeiten gehen lassen und nur im Jogger rumlaufen. Oder gar im Schlafanzug! Das Kind hat mich kaum erkannt, als ich völlig aufgetakelt die Treppe runtergekommen bin. Dennoch hat er mir ein nettes Briefchen geschrieben. Der Mann braucht sich offenbar nicht vollständig anzuziehen, um „kul" zu sein. Mal sehen, was ich morgen aus dem Schrank zaubere. Dann ist nämlich Einkaufen angesagt und ich will ja schließlich chic aussehen beim Klopapier- und Nudelnhamstern.

Fazit an Homeschooling-Tag 16:
Es ist ein Kreuz, wenn man immer nur auf Äußer-
lichkeiten reduziert wird. Mister Charming hatte
danach trotzdem schulfrei.

Tag 17

Liebes Corona-Tagebuch,

bisher war ich davon überzeugt, dass wir ein glückliches Einzelkind haben. Schließlich hat es viele Freunde und Kontakt zu Gleichaltrigen. Das sieht in Corona-Zeiten leider anders aus. Den lieben langen Tag nur mit dem Mann und mir zusammen sein, das würde mich auch ankotzen an seiner Stelle. Da helfen leider auch keine ausgiebigen Skype-Sessions mit den besten Freunden. Auch sprachlich orientiert sich das Kind nun eher an uns. Es kommen Redewendungen wie „Meines Erachtens …" und „Ich für meinen Teil …" aus ihm heraus. Wusste gar nicht, dass wir uns hier zu Hause so gewählt ausdrücken, aber er kann's ja eigentlich nur von uns haben.

Beim Abendessen hat er den Mann und mich dann mit dem Wunsch nach Geschwistern ziemlich aus der Kurve geworfen, denn er hat da schon sehr konkrete Vorstellungen.

Tag 18

Liebes Corona-Tagebuch,
ich bin ganz ehrlich: Ich kann nicht mehr. Die letzten Wochen zwischen Homeoffice, Homeschooling und Homeeverything haben mich ziemlich mürbe gemacht. Die Nerven liegen oft blank, mir fehlt die Luft zum Atmen.

Heute resümierte der Mann: „Ach, das mit dem Homeoffice ist einfach toll. Ich bin nicht nur viel produktiver, sondern wir sehen uns auch viel mehr. Ist das nicht schön?" Auf dieses an sich so wunderbare Kompliment habe ich vermutlich nicht ganz angemessen reagiert: Ich habe angefangen zu weinen. Nicht falsch verstehen. Es ist alles schön, alle vertragen sich, wir sind auch vor Corona einfach gerne zusammen und zu Hause gewesen.

Aber jetzt sind einfach ständig alle hier und ich habe das Gefühl, keine Sekunde für mich zu haben. Ist de facto gar nicht so, weil der Mann wirklich hilft, wo er nur kann und sehr feine Sensoren dafür hat, wann mein Nervenkostüm bröckelt. Außerdem will ich mich auch gerade einfach ein bisschen bemitleiden. Dazu kommt, dass mir die Familie und unsere Freunde fehlen.

Ich vermisse es, Menschen in den Arm zu nehmen, zusammen zu sitzen bei einem Gläschen Wein und einem gerne auch mal völligen Nonsens-Gespräch. Ich vermisse diesen Austausch, den keine Video-App dieser Welt ersetzen kann. Puh, habe ich 'nen Durchhänger. Aber das musste auch mal gesagt werden. Auch wenn morgen die Ferien beginnen.

Fazit an Homeschooling-Tag Nr. 18:
Früher wurde am letzten Tag vor den Ferien immer ein Film geschaut. Dachte an „Bad Teacher", „Spiel oder stirb" oder „Get Out".

Tag 19

Liebes Corona-Tagebuch,
noch ein Amsel-Arbeitsblatt trennt uns von den Osterferien. Richtige Freude darüber will nicht aufkommen. Erst die Aussicht auf ein Skype-Telefonat mit seinen beiden besten Freunden können das Kind dazu bringen, hochinformative Sätze wie „Die Jungen der Amsel sperren" oder „Das Weibchen ist braun" zu schreiben und die Körperteile der Amsel korrekt zu benennen und zu beschriften.

Nach einer gefühlten Ewigkeit geht der ersehnte Videoanruf ins 950 Meter entfernte Zuhause seiner besten Freunde. So nah und doch so weit entfernt. Die ersten zehn Minuten komme ich wegen der immensen Lautstärke gar nicht umhin, an diesem irrwitzigen Dialog zwischen dem Kind auf der einen Seite und den Geschwistern auf der anderen Seite der Leitung teil zu haben. Da ich inhaltlich schon nach wenigen Minuten raus bin und den Sinn des Ganzen nicht mehr erfassen kann, verziehe ich mich mit meinem Strickzeug in den Garten.

Diese Ruhe ... herrlich! Ich entscheide, den täglichen Videocall in den Tagesplan mit aufzunehmen und mir damit ein paar Minuten Stille zu ergaunern. Der Blick auf den Laptop am Abend belehrt mich eines Besseren.

Fazit an Homeschooling-Tag Nr. 19:
Das Kind hat den Beginn der Osterferien mit einer einstündigen Skype-Konferenz mit seinen besten Freunden gefeiert. Das Resultat: Mein Bildschirm ist voller Fingerabdrücke und ich hab 'nen Tinnitus. Ich bin sicher, mindestens eins von beidem ist irreparabel.

Tag 20

Liebes Corona-Tagebuch,
zwei Wochen Osterferien liegen hinter uns. Die Hoffnung des Kindes, dass mein seniles Hirn den Beginn der Schulzeit einfach vergessen hat, muss ich zerschlagen. Von wegen. Ich hab zwar schon gestern Abend angekündigt, dass wir jetzt ins noch coolere, noch verrücktere, noch abwechslungsreichere Homeschooling 2.0 starten, aber auch die wildesten Superlative ändern nichts an der Tatsache, dass er unter meiner Leitung Hausaufgaben machen muss.

Dementsprechend mies gestimmt starten wir in den Montag, der sich am Ende anfühlt wie eine ganze Woche. Immer wieder fällt der Kopf des Kindes auf den Tisch, begleitet von langen Jammerattacken. Zu Beginn versuche ich, ihn noch aufzuheitern, doch mein Motivationskontingent ist bereits nach wenigen Minuten erschöpft. Nachdem wir gemeinsam beschlossen haben, dass unser Leben tatsächlich megamäßig schlecht ist, läuft es angesichts der Akzeptanz und Konfrontation mit dem eigenen

Schicksal ein wenig besser. Als ich ihn abends ins Bett bringe, folgt dann auch prompt die Charmeoffensive des Jahres.

Fazit an Homeschooling-Tag Nr. 20:
Das Kind hat offenbar eigenmächtig Französisch in den Lehrplan aufgenommen und sich mit „Adieu, ma petit amour" ins Bett verabschiedet. Will ich überhaupt wissen, wo er das her hat?!?

Tag 21

Liebes Corona-Tagebuch,
nach dem eher verhaltenen Start in die zweite Homeschooling-Phase, brauche ich ein wenig Auszeit. Und wenn man schon mal Fachkräfte in der Familie hat, dann kann man doch auf diese zurückgreifen – wenn auch nur virtuell. Da Schreibübungen über Skype keinen Sinn machen, verlagern wir den Schwerpunkt der Unterrichtseinheit auf die Tierwelt. Steht zwar nicht auf dem Lehrplan, kann aber ja auch nicht schaden. Diese Lehrstunde von den Vertretungslehrern bringt dann allerdings Erkennt-

nisse ans Licht, mit denen ich so nicht gerechnet habe.

Fazit an Homeschooling-Tag Nr. 21:
Die Großeltern unterstützen beim Homeschooling
per Skype. Man redet über Termiten.
Die pensionierte Bio-Lehrerin erklärt: „Die bauen
Hügel, die sind mehrere Meter hoch."
Der Opa ergänzt: „Und der Chef heißt Terminator."
– Gutes Personal ist wirklich schwer zu finden.

Tag 22

Liebes Corona-Tagebuch,
wir haben jegliches Zeitgefühl verloren. Der März hat sich bereits doppelt so lange angefühlt wie normale Monate. Jetzt sind wir irgendwie im April angekommen. Und das auch schon seit gefühlt zwei Monaten. Ich frage mich, ob dieser absolute Stillstand dazu führt, dass ich weniger altere.

Diesen Gedanken verwerfe ich allerdings schnell wieder. Das wochenlange Homeschooling wird Spuren hinterlassen. Entweder als tiefe Furchen in meinem Gesicht, in mehreren grauen Haarsträhnen oder fünf angefutterten Frustkilos. Auch das Kind ist völlig lost in Raum und Zeit, wie seine musikalischen Darbietungen heute eindrucksvoll beweisen.

Fazit an Homeschooling-Tag Nr. 22:
Das Kind singt Weihnachtslieder. Ich mache ihn darauf aufmerksam, dass es nicht die richtige Jahreszeit ist. Er setzt mit Sankt Martin fort. Wieder ein Hinweis von mir. Beim anschließenden „Leev Marie" habe ich mir 'nen Wein aufgemacht.
Er hat schließlich die Karnevalssession eröffnet.

Tag 23

Liebes Corona-Tagebuch,
den gestrigen Beginn der Karnevalssession haben der Mann und ich noch angemessen mit unseren Freunden per Skype-Konferenz gefeiert. Ist zwar weder der 11.11. noch Altweiber, sondern mitten im April, aber unsere Freunde teilen unsere Meinung: Man muss die Feste feiern, wie sie fallen. Dementsprechend dick ist mein Kopf heute morgen.

Sicherheitshalber überprüfe ich die Vitalfunktionen der Katze. Meine Zunge fühlt sich nämlich so an, als hätte ich gestern Abend etwas Pelziges zu mir genommen. Ihr geht es allerdings glücklicherweise ganz gut – wenn man von einer großen Portion Genervtheit ihrerseites absieht, weil wir jetzt dauerhaft in ihrem Zuhause abhängen. Mit mir konnte sie ja in den letzten Jahren ganz gut umgehen, aber dass jetzt die ganze Familie 24/7 ihr Haus belagert, geht einfach gar nicht. Aber ich schweife ab.

Mein wattierter Kopf macht es mir heute noch schwerer als sonst, die Lerninhalte in einem ruhigen und ausgeglichenen Ton zu vermitteln. Als ich das Kind relativ lautstark zum wiederholten Mal auffordere, jetzt endlich diesen dreizeiligen Text zu lesen, meine ich von der anderen Seite des Zaunes ein leises „Okay, ich mach ja schon" vernommen zu haben. Ich mach dann mal besser die Terrassentür zu …

Tag 24

Liebes Corona-Tagebuch,
nach gefühlten 17 Wochen mit Zehnerüberschreitung in Mathe, frühlingshafter Flora und Fauna gibt es heute eine neue Herausforderung: Das Kind soll Schreibschrift lernen! Steht zwar eigentlich erst im zweiten Schuljahr auf dem Lehrplan, aber hey, alles kein Problem. Ich bin emotional nach so vielen Wochen derart gefestigt, dass ich auch komplett neue Lehrinhalte pädagogisch fundiert und kindgerecht aufbereitet vermitteln kann. Denke ich. Ist ja nur Schreibschrift. Habe ich früher in der Schule vom ersten Tag an gelernt. Wird doch wohl nicht so

schwer sein.

Zwei Stunden später sitze ich schweißgebadet, am Rande des Nervenzusammenbruchs mit heiserer Stimme vor dem Kind und höre mich wie durch Watte sagen: „MMMMMM, runter, hoch, Bogen, Bogen, runter, und der Nöppel!!!" Das Kind hat mittlerweile völlig abgeschaltet. Ob er weiß, was ich meine und was ein Nöppel ist, bleibt ungeklärt.

Ich entscheide: Auf ein paar Tage kommt's jetzt auch nicht mehr an. Vielleicht gibt's nächste Woche schon den Impfstoff und dann kann sich wer anders mit Schreibschrift rumschlagen. Muddi ist raus.

Fazit an Homeschooling-Tag Nr. 24:
Heute steht Zeit auf dem Lehrplan.
Eine Minute hat 60 Sekunden.
Eine Stunde 60 Minuten.
Ein Homeschooling-Tag 368 Stunden.
– Klingt komisch, ist aber so.

Tag 25

Liebes Corona-Tagebuch,

nachdem wir den Schreibschriftkurs erst mal wieder ins Regal gepackt haben, geht's uns sehr viel besser. Um in Corona- und Homeschooling-Zeiten zu überleben, werden wir jetzt den Weg des geringsten Übels gehen. Das Kind dankt es mir mit Kooperationsbereitschaft, Disziplin und wenig Gemotze. Ein guter Tag - endlich noch mal!

Fazit an Homeschooling-Tag Nr. 25:
10 Uhr. Mir schießt der Gedanke durch den Kopf, dass mir Homeschooling mittlerweile richtig Spaß macht. Da hab' ich aber ganz schnell mal nachgeschaut, ob mir jemand was in den Gin Tonic gemischt hat.

Tag 26

Liebes Corona-Tagebuch,

heute ist ein besonderer Tag: Es gibt neues Material aus der Schule und das bedeutet: Das Kind und ich dürfen raus! Trotz durchwachsenen Wetters will das Kind mit dem Fahrrad zur Schule fahren. Diese Idee stößt bei mir auf wenig Begeisterung.

Da meine Fitnessuhr allerdings seit Corona-Beginn die Vermutung äußert, ich sei aufgrund meiner täglichen Schrittzahl und des überschaubaren Radius mit zwei gebrochenen Beinen zum Pflegefall geworden, lasse ich mich schließlich überzeugen.

An der Schule angekommen, müssen wir feststellen, dass die Schlange der Familien bereits einmal um den Schulhof geht. Die Abholzeit des Materials ist von 10.00 bis 10.45 Uhr angesetzt – völlig illusorisch, wenn ich mir die Menschenmenge ansehe. Hinter dem Bauzaun, der den Schulhof vor illegal spielenden Kindern schützen soll, hat sich unsere Lehrerin an einem Tisch mit vielen Heften und Blättern häuslich niedergelassen. Das sehe ich während der ersten Stunde, in der wir anstehen, allerdings nicht, da die Schlange sich nur sehr langsam vorwärts bewegt.

Nach einer gefühlten Ewigkeit dürfen wir den Bauzaun durchschreiten. Nicht nur meine Laune ist im Keller. Auch das Kind setzt sein unterirdischstes Gesicht auf, als es seiner Lehrerin nach vielen Wochen das erste Mal wieder gegenübersteht. Bevor sie allerdings das mies gelaunte Kind ansprechen kann, ich meine Fragen zum Thema Schreibschriftpädagogik und legalen (und im besten Fall illegalen) Motivationsmethoden im Homeschooling loswerden kann, fängt es an zu regnen. Den Blick gen Himmel bekommen wir ein paar kopierte Blätter in die Hand gedrückt. Es warten ja schließlich noch andere Eltern und die wollen ja nicht nass werden. Und schwupp! Schon stehen wir wieder auf der anderen Seite des Bauzauns.

Während wir durch den mittlerweile strömenden Regen nach Hause radeln und in Gedanken schon am Mittagstisch sitzen, tröste ich mich: Wenigstens weiß meine Fitnessuhr am Ende des Tages, dass ich entgegen ihrer Erwartung doch noch lebe.

Tag 27

Liebes Corona-Tagebuch,

ich habe im Laufe der letzten Wochen festgestellt, dass die 1:1 Betreuung vom Kind nicht nur positive Folgen hat. Während er sich mit ersten geometrischen Formen beschäftigt, nutze ich die Zeit, um die Spülmaschine auszuräumen. Das Arbeitsblatt ist schließlich überschaubar, die Aufgabenstellung klar, da kann ich mich ja kurz darum kümmern, die Küche wieder begehbar zu machen.

Als ich nach sieben Minuten mit einem frischen Kaffee zurück an den Tisch komme, ist das Kind noch exakt an der gleichen Stelle wie vorhin. Statt das Blatt zu bearbeiten, hat er einfach mal nichts gemacht, zumindest nichts auf den ersten Blick Erkennbares.

Als ich während der folgenden Schreibschriftübung den Test mache und erneut den Tisch verlasse, hat auch dieses Blatt nicht einen Buchstaben während meiner Abwesenheit gewonnen. Auch dieses Mal sitzt das Kind nahezu unbewegt vor den

Aufgaben und schaut vor sich hin.

Ich glaube, ich habe durch Zufall den Stand-by-Modus beim Kind entdeckt. Wenn ich recht überlege, ist es nicht das erste Mal, dass dieses Phänomen auftritt. Als ich ihn nämlich neulich in sein Zimmer geschickt habe, damit er endlich mal wieder aufräumt, passierte das Gleiche.

Der Nachteil ist: An der Ist-Situation verbessert sich nichts. Der Vorteil: Es wird auch nicht schlechter. Sehen wir es mal positiv.

Zu meiner großen Überraschung hat er die letzte lange Denkphase offenbar dazu genutzt, um über neue Lerninhalte nachzugrübeln. Das Ergebnis ist verblüffend.

Fazit an Homeschooling-Tag Nr. 27:
Das Kind: „Ich möchte Chinesisch lernen."
Ich: „Es wäre schon sinnvoll, wenn du dir ein Fach aussuchst, das ich auch beherrsche."
Vor meinem geistigen Auge taucht mein ehemaliger Mathelehrer auf. Er lacht. Und lacht. Und lacht.

Tag 28

Liebes Corona-Tagebuch,

heute morgen habe ich mit meinen Eltern telefoniert. Die wohnen ja im Epizentrum und Hotspot Kreis Heinsberg. Zwar hat Ischgl pandemietechnisch meiner Heimat schon lange den Rang abgelaufen, aber dank Corona muss man nun auch endlich niemandem mehr erklären, wo der Kreis Heinsberg eigentlich liegt. Ich seh mich schon im Urlaub im Jahr 2043 irgendwo am Strand von Koh Samui liegen und jemand fragt:

„Wo kommst du denn eigentlich her?"

Und ich sage: „Aus der Nähe von Köln."

„Kenne ich nicht."

„Hm, kennst du Geilenkirchen?"

„Nein, nie gehört."

„Wie sieht's aus mit dem Kreis Heinsberg?"

Und plötzlich lacht niemand mehr über den anzüglichen Namen meiner Geburtsstadt, sondern sagt nur verstehend den Kopf wiegend: „Ah, da wo alles begann …".

In Gedanken träume ich mich an einen unanständig weißen Strand mit weißen Palmen, in meiner Hand ein Cocktail mit Schirmchen und Obstspieß. In diesem Tagtraum verliere ich mich leider völlig, so dass das Laufdiktat vom Kind komplett an mir vorbeigeht – mit bösen Folgen.

Fazit an Homeschooling-Tag Nr. 28:
Das Kind hat ein Laufdiktat geschrieben. Vom Schriftbild her könnte es Kyrillisch sein. Vielleicht auch Koreanisch. Deutsch ist es auf jeden Fall nicht.

Tag 29

Liebes Corona-Tagebuch,
ich bin schon sehr lange mit dem Mann zusammen. Genauso lange begleitet uns auch seine Leidenschaft für Star Wars. Einmal im Jahr werden alle Teile geschaut – ein Ritual, vor dem ich mich sehr, sehr lange erfolgreich gedrückt habe. Irgendwann bekam er zwei Karten für Teil VII geschenkt und spätestens da gab es keine Ausrede mehr. Die

Premiere war sieben Tage später, also wurde jeden Abend vor diesem Kinobesuch ein Teil der Saga geschaut. Das war eine sehr, sehr lange Woche für mich.

Nachdem wir auch die letzten Teile und alle Prequels gesehen haben, kann ich sagen: Das tut nicht weh, macht mich jetzt aber auch nicht so glücklich wie eine Tafel Schokolade. Im Idealfall gibt's die Tafel während des Films, das gleicht es dann wieder aus.

Mein Problem ist, dass ich mit den familiären Verstrickungen auf Kriegsfuß stehe. Da mir die Teile in der einzig richtigen Reihenfolge – nämlich IV, V, VI, I, II, III, VII, IIX, IX – gezeigt wurden, habe ich immer noch Probleme zu erkennen, wer von wem der Sohn, Bruder oder Schwipp-Schwager ist und warum zum Teufel Kylo Ren erst am Ende von Teil 9 kurz vor seinem Tod das erste Mal lacht. Dabei sieht er doch so furchtbar gut aus, wenn die Mundwinkel nach oben gehen.

Aber ich schweife ab. Das Kind hat aufgrund seiner jugendlichen Jahre selbstverständlich noch keinen Teil gesehen, dank Lego ist er aber bestens über die Familienverhältnisse der Vaders informiert. Den kann man nachts um 3 wecken, da malt der dir einen Stammbaum von Kylo Ren bis hin zu Padmé auf, während ich noch überlege, in welcher Beziehung eigentlich Leia Organa und Han Solo stehen.

Da der Mann meine Leidenschaft für kitschige Hollywood-Romanzen teilt und mit mir schon 50 Mal „Notting Hill" geschaut hat, würdige ich den internationalen Star-Wars-Day am 4. Mai natürlich. Meistens in Form von Darth-Vader-Kuchen oder BB8-Cupcakes. Dieses Jahr wurde in trauter Zweisamkeit von Mann und Kind ein Sturmtruppler-Helm gebaut. Und da drei einer zu viel ist, habe ich mich mit Kaffee und E-Reader auf die Terrasse verzogen. Win-win-win, würde ich sagen.

Fazit an Homeschooling-Tag Nr. 29:
Aufgrund des internationalen Feiertags das Katzen-Arbeitsblatt gegen Englisch und Motorik getauscht. In diesem Sinne:
May the 4th be with you! Happy Star Wars Day!

Tag 30

Liebes Corona-Tagebuch,
langsam aber sicher komme ich an meine Motivationsgrenzen. Ein schlichtes „Gut gemacht" oder ein simples „Prima" reicht schon lange nicht mehr aus. Ich muss eindeutig härtere Geschütze auffahren.

Erinnert ihr euch noch an Carlton aus der Fernsehsendung „Prince of Bel Air"? Ungefähr so sieht mein Bestätigungs-Tanz aus. Als ich erschöpft auf den Stuhl zurücksinke, bemitleide ich jetzt schon die Lehrerin, die mich irgendwann ablöst. Vielleicht schreibe ich ihr morgen mal eine E-Mail, dass sie sich vielleicht jetzt schon mal für den nächsten Hip-Hop-Modern-Zumba-Bauchtanz-Kurs anmeldet, damit sie mich dann adäquat vertreten kann.

Beobachtung an Homeschooling-Tag Nr. 30:
Ich habe festgestellt, dass das Kind schwere Matheaufgaben erfolgreich löst, wenn es akustische Belohnungen in Form von Tuschs oder lauten „Whooop Whoop"-Rufen bekommt. Wenn ich morgen das üb-

*rig gebliebene Tischfeuerwerk von Silvester zünde,
geht's an die Polynomfunktionen.*

Tag 31

Liebes Corona-Tagebuch,
die jetzige Situation ist irgendwie seltsam. Durch
unser tägliches Homeschooling-Ritual fühlt es sich
für mich fast so an, als ginge ich einer geregelten
Arbeit nach. Leider wird sich diese nicht am Ende
des Monats auf meinem Konto bemerkbar machen.
Ich frage mich, wie viele Wochen Homeschooling
wohl einem Semester Grundschullehramt entspre-
chen. Vielleicht schule ich ja noch mal um. Gibt es
nicht gerade einen akuten Lehrermangel?

Fazit an Homeschooling-Tag Nr. 31:
Das Kind darf auf meinem Laptop ein Mathespiel
spielen. Nach einer halben Stunde sind alle Auf-
gaben gelöst, die Einstellungen unwiederbringlich
verfriemelt und in meinem Amazon-Einkaufskorb
befinden sich Spielsachen im Wert von 745 Euro.
Medienkompetenz können wir.

Tag 32

Liebes Corona-Tagebuch,
heute versuche ich mich mal in einer anderen Text-
disziplin. Ich habe mir ein Gedicht zur Selbstmoti-
vation geschrieben. Mal sehen, ob es hilft.

H ausaufgaben

O hne

M uddi

E ntpuppen

S ich in

C orona-Zeiten

H äufig als

O berdoof und

O berlangweilig, weil

L auniger

I nput

N nicht selten

G anz mächtig Spaß macht.

Fremdwörter an Homeschooling-Tag Nr. 32:
Ich: „Heute gibt's ein Akrostichon."
Kind: „Yeah, Dinos!"

Mann: „Oh, wie lecker!"
Ich hab es nicht übers Herz gebracht. Das Gedicht
schreiben wir dann am Montag.

Tag 33

Liebes Corona-Tagebuch,
nach so vielen Wochen Homeschooling kristallisie-
ren sich eindeutige Lieblingsaufgaben heraus. Ich
nehme die Spannung vorweg: Um freie Texte, Ge-
dichte, Laufdiktate oder Abschreibtexte handelt es
sich dabei nicht.

Die Talente des Kindes liegen eindeutig im ma-
thematischen Bereich – was mich nicht unbedingt
als Lehrkraft qualifiziert. Gut, im Zahlenraum
bis 100 bewege ich mich noch ganz entspannt, alles
was danach kommt – uh, das wird haarig. Aber bis
dahin ist dieses Homeschooling-Abenteuer hoffent-
lich abgeschlossen.

Fazit an Homeschooling-Tag Nr. 33:
Ich: „Heute steht ein Frühlingsgedicht auf dem
Plan. Kennst du denn eins?"

Kind: „Klar! Die Paula ist 'ne Kuh, die macht 'nen
Pudding, der hat Flecken. Den kannst du löffeln
und auch schmecken.
Paula Pudding. Von Dr. Oetker[1]."
– Lyrik. Voll sein Ding.

[1]Nein, ich bekomme kein Geld für die Nennung dieser
Marke in meinem Buch. Leider. Auch keinen Pudding. Leider.

Schultag 1

Liebes Corona-Tagebuch,
heute ist Tag X. Der Tag der Tage sozusagen. Das Kind hat das erste Mal nach sieben Wochen Schule! Bis zu den Sommerferien einmal pro Woche für 3,75 Stunden. Das sind 3,75 Stunden für mich. Ich könnte vor Glück schon am frühen Morgen heulen angesichts der Aussicht auf ein paar Stunden Ruhe.

Trotz dieser Vorfreude sind wir skeptisch. Keinem Arbeitnehmer bringen diese 3,75 Stunden Schule pro Woche irgendwas. Stattdessen wächst das Risiko, dass sich das Virus wieder weiter ausbreitet. Deswegen bereiten wir das Kind bestmöglich auf den Kontakt zur Außenwelt vor. Er ist mittlerweile genervt von unserem täglichen Mantra über Abstand, Mundschutz und Handdesinfektion. Er will einfach nur in die Schule und freut sich auf ein bisschen Social Distancing von Muddi.

Das wird deutlich, als ich ihn am Schultor absetze. Noch ein letzter Kuss, dann ist er auch schon weg. Es fühlt sich komisch an. Ein bisschen wie der erste Schultag, an dem er auch einfach in seine neue Klasse gestiefelt ist, ohne seiner Rotz und Wasser weinenden Mutter noch einmal zuzuwinken. Aber heute, da dreht er sich noch mal um, als er bei seinen Freunden angekommen ist und sich auf die ihm zugewiesene Nummer gestellt hat. Er winkt und bildet mit seinen Händen ein Herzchen, das ich ihm fröhlich winkend zurückschicke. Ach, halt, ich glaube, das ist kein Herzchen. Ich bin ja furchtbar kurzsichtig, aber die Bewegung seiner Hände ist auf den zweiten Blick tatsächlich nicht als Liebesbekundung zu deuten: er komplimentiert mich Richtung Auto. Das undankbare Kind. Reißt man sich wochenlang den Homeschooling-Popo auf und dann so was. Pfff …!

Der Mann muss heute ausnahmsweise mal ins Büro. Das ist mir auch gar nicht so unrecht, denn dann habe ich meine kleine Oase der Ruhe endlich noch einmal ganz für mich alleine. Vor lauter Vorfreude habe ich Tränen in den Augen, als die Haustür mit einem leisen „Klick" ins Schloss fällt.

Doch nach so vielen Wochen mit einem stetigen Geräuschteppich ist unser Haus tatsächlich zu leise. Meine ganzen guten Vorsätze sind plötzlich weg. Netflix schauen, das Tuch zu Ende stricken, mit Hörbuch auf die Couch legen – plötzlich weiß ich gar nichts mit mir und der Stille anzufangen.

Am Ende schaue ich fast eine Stunde auf den ausgeschalteten Fernseher und räume vor lauter Verzweiflung das Kinderzimmer auf. Endlich mal was wegschmeißen, ohne vorher drei Tage lang zu diskutieren.

Als ich das Kind mittags an der Schule treffe, ist sein erster Satz: „Da gehe ich nie wieder hin!" Mein kleines, neu gewonnenes Lehrer-Herzchen hüpft und ich sage: „Na, da macht Schule bei Mama doch mehr Spaß, oder?" Er schaut mich an und ich erkenne dieselben Gefühle wie zu Beginn der Homeschooling-Zeit. Verwirrt schüttelt er den Kopf. „Nee, das ist ungefähr gleich schlimm."

Tag 34

Liebes Corona-Tagebuch,

als wir heute beim Homeschooling saßen – also das Kind schon beim Schooling, Muddi noch im Kaffee- und „möglichst-wenig-sprechen"-Modus – kam eine Sprachnachricht von „Mutter von L.".

Das Phänomen kennt wahrscheinlich auch jedes Elternteil: Mit Eintritt ins Kita-Alter wächst das Telefonbuch im Handy dramatisch an – leider mit Einträgen, mit denen man in spätestens einem Jahr eh nichts mehr anfangen kann. „Mutter von Finn-Johann", „Vater von Jason", „Muddi von dem Fraggle, der dem Kind die Schaufel auf den Kopf gehauen hat".

Natürlich haben all diese Leute auch Vornamen, aber entweder hat man danach nie wirklich gefragt oder im Anschluss an einen ermüdenden Elternabend schnell wieder vergessen – genau so wie in Kindergartentagen die Tatsache, dass man sich mit über 55 Kilo nicht mehr auf die kleinen Stühlchen *mit* Armlehne setzen darf, sonst muss man die nämlich am Ende des Abends mit nach Hause nehmen oder die Feuerwehr rufen.

Auf jeden Fall rief mich heute Morgen „Mutter von L." an und wollte wissen, ob wir Zusatzaufgaben in unserer Mappe hätten, die von der Lehrerin beim gestrigen Schultag ausgeteilt worden sind, die aber nun weder in L.s Mappe, noch in der eines weiteren Klassenkameraden angekommen seien. Ein Blick in die Unterlagen vom Kind zeigt: Alles da.

Während sich die Muddis telefonisch darüber auslassen, dass es ja wohl nicht so schwer sein kann, allen Kindern das gleiche Material vom Wochenplan zur Verfügung zu stellen, mischt sich plötzlich das Kind ein und sagt: „Die Zusatzaufgaben waren freiwillig. Nur die Kinder, die welche haben wollten, haben sie auch bekommen."

Das Gespräch verstummt. Ich schaue das Kind entgeistert an. Er fühlt sich durch mein Schweigen offenbar genötigt zu sagen: „Außer mir wollte auch niemand Zusatzaufgaben. Ich war der Einzige, der die bekommen hat." L.s Mutter am anderen Ende der Leitung findet als erste die Sprache wieder. „Ernsthaft, freiwillig?!" Reflexartig überprüfe ich die Temperatur vom Kind. Vielleicht hat er ja doch Corona und es gibt Krankheitssymptome, von denen nur noch niemand weiß – freiwillig Hausaufgaben machen oder so.

Sicherheitshalber überprüfe ich anhand eines eindeutigen Muttermals am Kinn und einer Narbe am Rücken, ob es sich auch wirklich zweifelsfrei um mein Kind handelt.

Fazit an Homeschooling-Tag Nr. 34:
Habe heute erfahren, dass das Kind sich freiwillig bei der Verteilung von Zusatzaufgaben gemeldet hat. Da habe ich echt überlegt, bei welcher Gelegenheit ich wohl das falsche Kind mit nach Hause genommen habe.

Tag 35

Liebes Corona-Tagebuch,
manche Dialoge geben einfach den perfekten Tag wieder. So wie heute.

Fazit an Homeschooling-Tag Nr. 35:
Kind: „Mama, du bist so weise."
Ich (gerührt): „Oh, danke!"
Kind (nach einer Pause): „Was ist weise?"
Ich: „Das ist, wenn jemand sehr klug und lebenser-
fahren ist."
Kind: „Ach so. Ich dachte, das heißt einfach nur
alt."
–Komplimente. Voll sein Ding.

~~Nachspur~~**sätze**   zu: I, U, N, M, E, D,O, A, R, S, L

Oma am Esel. Na, Oma? Du und dein

Esel? Reiten?

Na, na. Aua! Oma ist unter dem Esel.

Tag 36

Liebes Corona-Tagebuch,

da gibt man sich so viele Jahre lang solch eine Mühe. Spricht keine Babysprache, bemüht sich um eine gewählte Ausdrucksweise und versucht sogar Kraftausdrücke in Gegenwart des Kindes zu vermeiden –Außer im Auto, denn da gilt bekanntlich: Was im Auto passiert, bleibt im Auto.

Und dann lernt das Kind Schreibschrift und muss so einen Nachspur-Schwachsinn nachmalen. Kannste dir nicht ausdenken …

Fazit an Homeschooling-Tag Nr. 36:
„Mama am Arbeiten. Na, Mama? Du und
ich? Lernen?
Na, na. Aua! Mama mit Kopf gegen Wand."

Tag 37

Liebes Corona-Tagebuch,

ich gebe zu: Klamottentechnisch ist ein leichter Abwärtstrend zu verzeichnen. Schon vor Corona hat das Kind „Schlafanzug-Tage" eingeführt. Das waren früher oft Sonntage ohne Termin und mit schlechtem Wetter. Jetzt gibt es diese Tage auch außerhalb des Wochenendes. Damit er seinen Lieblingsschlafanzug nicht Tag und Nacht an hat, gibt es seit Kurzem hier Wachanzüge und Schlafanzüge. So garantieren wir zumindest eine regelmäßige Körperpflege. Doch von diesen schlummeligen Tagen hat das Kind offenbar genug, wie mir seine Kleiderwahl an diesem Tag zeigt.

Fazit an Homeschooling-Tag Nr. 37:
Das Kind hat sich selbst angezogen und ist mit hochgeschlossenem Hemd und Clip-Krawatte zum Homeschooling erschienen.
Wenn heute Casual Friday ist, was zieht er dann wohl am Montag an?!

Tag 38

Liebes Corona-Tagebuch,

ich hätte gerne mein altes Leben zurück. So mit spontan Freunden treffen (verrückterweise aus mehreren Haushalten gleichzeitig), shoppen gehen ohne den lästigen (wenn auch supersinnvollen Mundschutz), einfach mal wieder rund um die Uhr arbeiten, weil die Aufträge nicht weniger werden (das waren noch Zeiten …).

Das kommt mir alles vor, als sei es ein anderes Leben gewesen. Und das vermisse ich heute einfach so, so sehr.

Fazit an Homeschooling-Tag Nr. 38:
Mir reicht's. Ich hab mir den Chemiebaukasten vom Kind ausgeliehen. Leuchtenden Schleim und Salzkristalle kann ich schon. Ab Montag gibt's Impfstoff.

Tag 39

Liebes Corona-Tagebuch,

seit zwei Wochen gibt es im Hausaufgabenplan das Feld „10 Minuten lesen" – und das jeden Tag. Obwohl das Kind über eine Bibliothek verfügt, die alle Kinder einer Kleinstadt mit Lesestoff versorgen könnte, findet er nichts, was ihn interessiert. Kann ich verstehen. Ich stehe ja auch jeden Tag vor meinem fünf Meter langen Kleiderschrank, der voll ist mit „Nichts-zum-Anziehen".

Also haben wir uns heute auf den Weg in die lokale Buchhandlung gemacht. Dass er keinen Bock auf die hundertste Dinosaurier-Geschichte hat, kann ich ja verstehen, aber dass es ausgerechnet ein Buch über Vampire sein muss, überrascht mich dann doch sehr.

Erst auf den zweiten Blick fällt mir auf, warum mir die Gestalt auf dem Cover so bekannt vorkommt.

Fazit an Homeschooling-Tag Nr. 39: Das lesemuf-felige Kind durfte sich heute im Buchladen neuen Lesestoff aussuchen. Ob ihn die blutunterlaufenen Augen und die weiß-wächserne Haut seiner vom Homeschooling leergesaugten Mutter beeinflusst haben, einen Vampir-Roman zu wählen?!

Tag 40

Liebes Corona-Tagebuch,
heute macht sich bemerkbar, dass wir in der Homeschooling-Zeit den Fokus zu sehr auf die Hauptfächer gelegt haben. Ein bisschen vom ein oder anderen Nebenfach hätte sicherlich auch nicht geschadet.

Fazit an Homeschooling-Tag Nr. 40: Das Kind wünscht sich einen Obstbaum im Garten. Auf meine Frage, welches Obst es sein soll, kommt die Antwort „Aprikosenkuchen". Mich beschleicht das ungute Gefühl, dass meine Mission nach 40 Tagen durch die Homeschooling-Wüste noch lange nicht abgeschlossen ist …

Nachwort

40 Tage Homeschooling liegen hinter uns. Andere wandern in dieser Zeit durch die Wüste, wir kämpfen uns weiter durch eine pädagogisch sehr trockene Durststrecke. Auch die Verwüstung des Hauses nimmt weiter seinen Lauf. Noch ein Monat, vier Tage Schule und 16 Tage Homeschooling trennen uns von den sechswöchigen Sommerferien. Und ob danach alles wieder normal sein wird – man weiß es nicht.

Ich hoffe, die Lektüre dieses Büchleins hat tatsächlich für etwas Ablenkung im tristen Homeschooling-Alltag gesorgt. Ich wünsche uns allen weiterhin gutes Durchhalten.